Dados Internacionais de Catalogação na Publicação (CIP)
(Câmara Brasileira do Livro, SP, Brasil)

Sousa, Mauricio de
　Turma da Mônica princesas & princesas :
a bela e a fera : a princesa arrogante /
Mauricio de Sousa ; [adaptação de textos
e layout Robson Barreto de Lacerda]. --
1. ed. -- Barueri : Girassol Brasil, 2018.

　ISBN: 978-85-394-2093-3

　1. Contos - Literatura infantojuvenil
I. Lacerda, Robson Barreto de. II. Título.

17-03708　　　　　　　　　　　　　CDD-028.5

Índices para catálogo sistemático:

1. Contos : Literatura infantil　　028.5
2. Contos : Literatura infantojuvenil　　028.5

GIRASSOL BRASIL EDIÇÕES EIRELI
Al. Madeira, 162 - 17º andar - Sala 1702
Alphaville - Barueri - SP - 06454-010
leitor@girassolbrasil.com.br
www.girassolbrasil.com.br

Diretora editorial: Karine Gonçalves Pansa
Coordenadora editorial: Carolina Cespedes
Assistentes editoriais: Carla Sacrato e Talita Wakasugui
Orientação psicopedagógica: Paula Furtado
Diagramação: Isabella Sarkis (Barn Editorial)

Direitos desta edição no Brasil reservados
à Girassol Brasil Edições EIRELI.

Impresso na Índia

Estúdios Mauricio de Sousa apresentam

Presidente: Mauricio de Sousa

Diretoria: Alice Keico Takeda, Mauro Takeda
e Sousa, Mônica S. e Sousa

Mauricio de Sousa é membro
da Academia Paulista de Letras (APL)

Direção de Arte
Alice Keico Takeda

Diretor de Licenciamento
Rodrigo Paiva

Coordenadora Comercial Editorial
Tatiane Comlosi

Analista Comercial
Alexandra Paulista

Editor
Sidney Gusman

Layout
Robson Barreto de Lacerda

Revisão
Ivana Mello

Editor de Arte
Mauro Souza

Coordenação de Arte
Irene Dellega, Maria A. Rabello,
Nilza Faustino, Wagner Bonilla

Produtora Editorial Jr.
Regiane Moreira

Desenho
Anderson Nunes, Lancast Mota

Cor
Giba Valadares, Kaio Bruder,
Marcelo Conquista, Mauro Souza

Designer Gráfico e Diagramação
Mariangela Saraiva Ferradás

Supervisão de Conteúdo
Marina Takeda e Sousa

Supervisão Geral
Mauricio de Sousa

Condomínio E-Business Park - Rua Werner Von Siemens,
111 Prédio 19 - Espaço 01 - Lapa de Baixo – São Paulo
SP - CEP: 05069-010 - TEL.: +55 11 3613-5000

© 2018 Mauricio de Sousa e Mauricio de Sousa Editora
Ltda. Todos os direitos reservados.
www.turmadamonica.com.br

A Bela e a Fera

Numa aldeia distante, viviam um mercador viúvo e suas três filhas. A caçula era a mais bonita e carinhosa, e combinava com seu nome: Bela. A menina era tão apegada ao pai que, quando não estava lendo seus livros, enchia-o de mimos e cuidados.

Um dia, o mercador precisou viajar a negócios para bem longe. Quando se despedia das filhas, perguntou o que elas queriam de presente. Bela só quis uma rosa, pois não existia nenhuma na aldeia, e ela só tinha visto a flor nas ilustrações dos livros.

Tempos depois, quando o mercador regressava para sua aldeia, caiu uma forte tempestade, que o fez procurar um abrigo para passar a noite.

Foi quando viu um castelo. Ele bateu à porta, mas ninguém respondeu. Então, o mercador entrou e, na sala de jantar, viu uma mesa arrumada para apenas uma pessoa, com comida quentinha.

O mercador não teve dúvida: comeu até ficar saciado. Depois, encontrou uma cama toda arrumada, deitou-se e dormiu profundamente.

No dia seguinte, havia um farto café da manhã na mesa. Ele comeu e saiu intrigado com a hospitalidade recebida.

Ao atravessar o jardim, o homem avistou um lindo canteiro de rosas e lembrou do pedido de Bela. Ao arrancar uma, ouviu um urro terrível! Atrás dele, havia um monstro horroroso. O mercador ficou paralisado de medo.

– Então é assim que você retribui minha hospitalidade, estragando o meu jardim? Agora, terei que matá-lo.

Apavorado, o pai de Bela implorou que ao menos pudesse se despedir de suas três filhas. O monstro concordou e deu ao mercador uma semana de prazo, mas o ameaçou: caso não cumprisse o combinado, ele iria pessoalmente buscar a família inteira.

Chegando em casa, o mercador explicou a triste situação para as filhas, que choraram muito. Então, Bela falou:

– Papai, o senhor está nessa situação por minha causa. Então, nada mais justo que eu vá no seu lugar.

De nada adiantaram as súplicas do pai, pois Bela era muito decidida e nada a faria mudar de ideia.

Quando chegou ao castelo, Bela se espantou: tudo era muito iluminado e as mobílias eram luxuosas. Ela explorou o lugar e passou por diferentes aposentos. De repente, para sua surpresa, encontrou uma porta com um luminoso de letras douradas no qual estava escrito: "Canto da Bela".

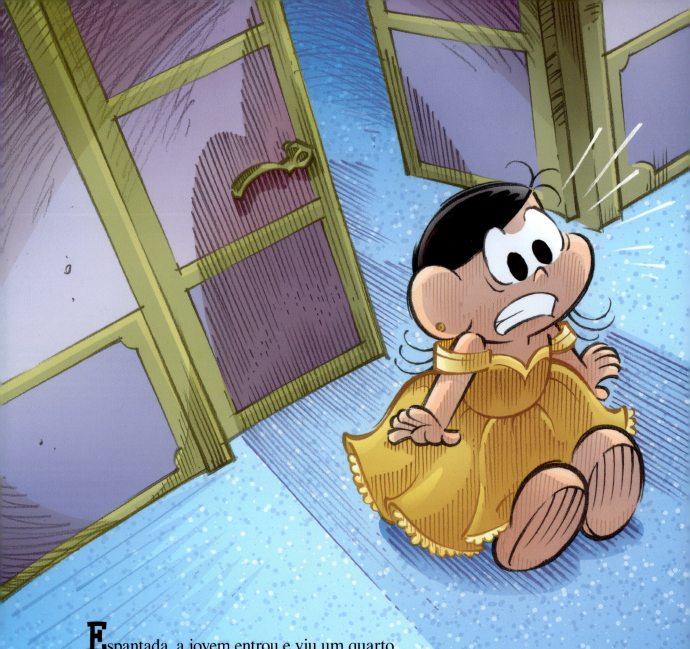

Espantada, a jovem entrou e viu um quarto ricamente mobiliado, com uma vista maravilhosa para o jardim e uma saleta cheia de livros. Em meio àquela situação assustadora, Bela conseguiu sorrir, imaginando quantas histórias incríveis estariam guardadas naquelas prateleiras. Na cama, havia um bilhete informando a hora do jantar e um lindo vestido.

Pouco depois, a amedrontada Bela foi à sala de jantar. Quando viu o monstro, gritou de horror e quis correr, mas suas pernas não lhe obedeciam.

A Fera a acalmou, dizendo:

– Desculpe se a assusto com minha aparência, mas não sou uma má pessoa e espero honestamente que, um dia, a minha companhia lhe seja agradável.

Bela, então, foi percebendo que aquele monstro era, na verdade, alguém gentil e que partilhava do mesmo amor pelos livros. Os dois passaram muitos meses juntos, e Bela sentia cada vez mais carinho pela Fera. Eles conversavam sobre os livros, pois o monstro era muito culto e inteligente. Além disso, tinham agradáveis jantares e dançavam no luxuoso salão de baile.

Num desses jantares especiais, a Fera timidamente aproximou-se de Bela, ajoelhou-se e falou:

– Bela, eu amo você. Quer se casar comigo?

A jovem ficou surpresa, pois gostava muito dele, mas não tinha certeza se o amava. Então, achou melhor pedir conselhos ao seu pai.

Assim, a Fera concordou com a partida de Bela. Mas a fez prometer que retornaria em uma semana com a resposta para o pedido de casamento.

Quando o mercador viu a filha, mal acreditou, pois achava que o monstro tivesse devorado a jovem! A saudade era tanta, que os dois nem perceberam o tempo passar. Assim, passaram-se várias semanas.

Numa noite, Bela sonhou que o monstro estava morrendo ao lado de sua amada roseira. Ela acordou desesperada com a possibilidade de perdê-lo, e foi assim que descobriu que realmente amava aquela Fera.

Então, Bela se despediu da família e correu para o castelo. Quando chegou, viu o monstro como no seu sonho. Ela o abraçou e disse, chorando:

— Não morra! Eu o amo e aceito o seu pedido!

A Fera, que estava morrendo de saudades, recobrou suas forças assim que foi beijada por Bela.

Imediatamente, transformou-se num belo príncipe. Depois, explicou para Bela que um feitiço o havia transformado naquele monstro, e o encantamento só seria quebrado se alguém se apaixonasse de verdade por ele.

O casamento foi realizado com uma linda festa, e os dois viveram felizes para sempre.

A Princesa Arrogante

Num reino muito distante vivia um rei viúvo com sua única filha e, por isso, o pai fazia todas as vontades da princesinha. A cada dia ela ficava mais mimada, falava sempre sem pensar. A princesa era mal-educada com as crianças, tratava mal os servos e não tinha respeito por ninguém.

A menina cresceu e tornou-se uma princesa bela, mas muito arrogante. Quando ela chegou na idade de casar, o pai organizou um baile para apresentar a filha a todos os pretendentes.

A festa estava deslumbrante. Todos no salão ficaram encantados com a graça da princesa, mas tudo acabou quando ela abriu a boca. Ela passeava pelos príncipes e falava:

– Que gordo! Você precisa de uma dieta urgente!
– Que barbicha esquisita, como você tem coragem de usar isto?
– Que dentuço!
– Que orelhudo!

– Que roupa tenebrosa!

Todos se horrorizaram com a princesa e o rei, furioso, determinou:

– Amanhã darei a sua mão em casamento ao primeiro mendigo que aparecer na porta do castelo e você não viverá mais aqui com toda essa mordomia.

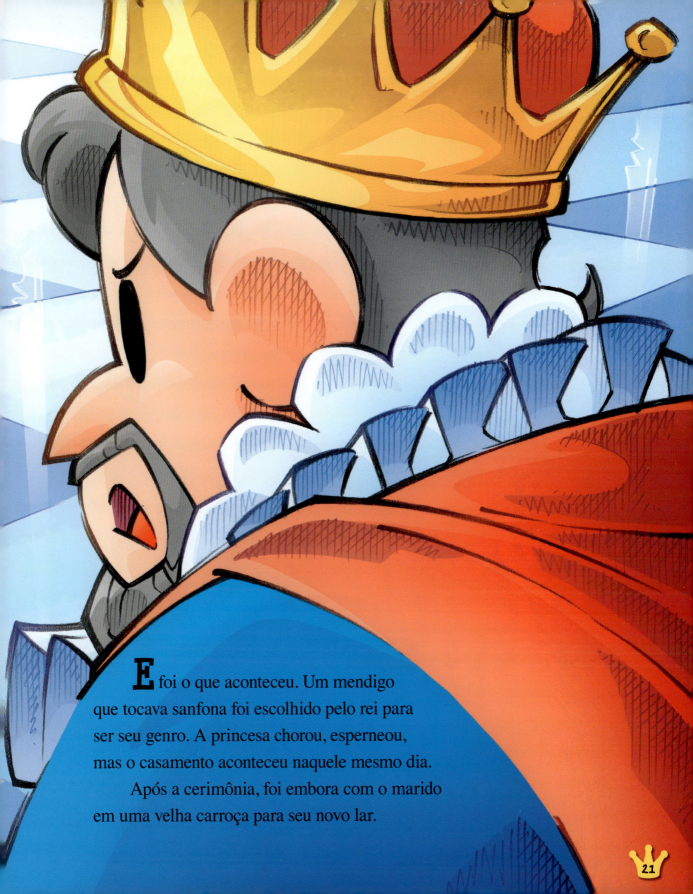

E foi o que aconteceu. Um mendigo que tocava sanfona foi escolhido pelo rei para ser seu genro. A princesa chorou, esperneou, mas o casamento aconteceu naquele mesmo dia.
Após a cerimônia, foi embora com o marido em uma velha carroça para seu novo lar.

No caminho, passaram por fazendas com vários tipos de animais e plantações. A princesa ficou maravilhada e perguntou ao povo local:

– A quem pertencem estas maravilhosas fazendas?

– Ao nosso futuro rei e à escolhida para ser sua rainha! – respondeu uma camponesa.

Depois passaram por uma encantadora floresta e a princesa perguntou:

– A quem pertence esta linda floresta?

– Ao nosso futuro rei e à escolhida para ser sua rainha!

Finalmente chegaram ao casebre do sanfoneiro, exaustos da viagem e com fome. O marido teve de cozinhar sozinho, pois a princesa não sabia preparar nenhuma comida.

No dia seguinte, o marido ensinou à esposa como fazer todas as tarefas da casa. A partir desse dia, a princesa e ele trabalhavam juntos para cuidar da casa: arrumavam, limpavam, lavavam e passavam.

Um dia, porém, o marido disse que o dinheiro que ganhava era pouco e que precisavam fazer algo para ter um pouco a mais.

– Vou colher palha para fazermos cestas para vender.

No entanto, as mãos da princesinha eram delicadas e nunca tinham trabalhado antes. Tanto que ficaram muito feridas e ela não conseguiu confeccionar as cestas.

Então, o sanfoneiro teve outra ideia. Comprou alguns potes de barro para vender no mercado. A princesa ficou com muita vergonha, mas sabia que eles precisavam do dinheiro.

No primeiro dia vendeu muitos potes. Mas no dia seguinte, um cavaleiro bêbado invadiu sua barraca e quebrou todos os potes que restavam.

Sem dinheiro para comprar outros, o marido sugeriu que ela se tornasse ajudante de cozinha no castelo.

A princesa conseguiu o emprego e trabalhou duro. Aos poucos, transformou-se numa pessoa agradável, prestativa e querida pelos companheiros de trabalho.

Certo dia, foi anunciado um baile real para o príncipe apresentar sua escolhida para o povo. No dia da festa, a princesa quis espiar os convidados para relembrar seus dias de realeza. Ela mal podia acreditar que já tinha vivido daquele modo!

Então, chegou o príncipe montado num cavalo branco. Ele caminhou até a princesa, segurou sua mão e a levou para o salão de baile. Ela tentou fugir, mas ele insistiu para que dançassem apenas uma valsa.

Assim, a princesa reconheceu o príncipe barbicha para quem tinha feito o comentário maldoso e desculpou-se:

– Vossa Majestade, perdoe-me por ter lhe tratado mal. Hoje sou uma pessoa diferente. Aprendi muito com meus erros, mas não posso continuar aqui, sou uma mulher casada.

– **E**spere! – respondeu o príncipe. – Eu sou o mesmo cavaleiro que quebrou todos os potes no mercado. Também o mendigo sanfoneiro com quem se casou.

A princesa finalmente reconheceu o marido naqueles trajes tão elegantes e emocionou-se.

– Chega de choro! – ordenou o príncipe. – Agora você é uma nova mulher e podemos viver uma vida justa e feliz. – A princesa tomou um banho e vestiu-se com muito luxo, para aproveitar o baile com seu marido e os convidados. A festa foi a primeira de muitas e muitas noites felizes na vida da nova princesinha.